［阿根廷］迪亚娜·贝列西 —— 著

龚若晴　黄韵颐 —— 译

离岸的花园

迪亚娜·贝列西
诗歌自选集

A la orilla lejana del jardín

上海文艺出版社

目 录

我建造了一座花园 … 1

价码 … 5

一说 … 7

圣罗莎的青蛙 … 9

一日尾声 … 11

伶仃 … 13

诗学 … 16

六月小贼 … 19

暴怒 … 22

所谓独立 … 24

史诗 … 26

奇迹的花园	27
故事	29
水晶	31
拥有什么就拥有	34
事物看似由我们决定	36
留驻海中	38
让我们靠近,让我们远离	40
宽恕之日	42
不言之教	44
线	46
圣餐	49
幻象	51
毫无干系	53
蜜一样甜,尼加拉瓜,尼加拉瓜小姑娘	56
冠冕上的八行诗	58
哀歌	61
五月的玫瑰	65

杂技	68
世界公民	70
鹤望兰	72
斗牛动作	75
诗歌	80
无知于奇迹	82
而诗歌在后……	84
离家	86
时代	88
嘴角苦涩地咧开	89
读一首李清照	90
赤露的羽冠预备好	92
漫步早春	95
爱	98
更美抑或更烂漫	100
恐怖是否是一种细节	101
捕梦网	102

圣米格尔德尔蒙特	106
人质逃脱	108
舞步	111
迷狂	113
银光飞溅	115

附录

诗歌是文学里的"黑脑壳"	121
贝列西出版作品年表	134

译后记：就继续乘着风的轻鞍	137

我建造了一座花园

像在不对的地方做出对的姿势。
不对而非错,只是另一处,
仿佛对话镜中的倒影
而非照镜的人。
我建了一座花园,为了
在美中,手肘紧挨,与死亡交谈
它向来沉默却活跃,耕耘着心脏。
放下行李吧,它重复道,既然你的身体
窥见这两岸,别无他物,只有
精确的姿势——放手——
能照料它,并成为这花园。
珍惜你所失去的,它说,这死亡

说着流利而疏离的卡斯蒂利亚语。
你所失去的,拥有之时,是唯一
陪你靠近死亡远岸的同伴。

现在,舌头可以松绑说话。
从前它无能为力于恐惧的手术刀,
但现在,她有成事之器,可化不祥为精妙。
只有被美支撑,
恐怖才能被眼睛理解。看看
那盲瞽的洞:充满爱意的精确姿势
在镜中没有倒影,镜前的手术也
毫无意义。

拥有一座花园,就是任自己被它
和它无尽的离别所拥有。花,种子,
以及永远死去或再度新生的植物。
有修剪的季节,有夏日傍晚的

甜蜜黄昏中看它逐渐延展的时刻,
当它衰败的阴影已被宣告,
在三月醇厚的光辉
或无梦的沉睡中,当主体死去
而含纳它的物种仍不断存续。
花园要求园丁看着它死去。
要求她的手修剪和整改
裸露的大地,寒夜里
在花坛中翻动泥土。花园杀戮
并求死以成为花园。但是
在不对的地方做出对的姿势
会拆除等式,揭开荒地。
在差异中呼求的爱,
如同暗蓝的天空对抗痛苦。
风暴的雨幕,在它的怀抱中
你抵达最远的岸。我希望你在这里*,

---

* 斜体句原文为英文。

亲爱的,但你是园丁而非

花园。你将我的心从你的花坛中挖出。

价码

我能看见,冬日之心深处的告别,
看见它创造自己的终结,
看见无形的劳作
即将产出绿之花彩,
看见敛聚的生机,言说的梦,无止的行动,
复苏的美好从未停歇,
我能看见形式如此脆弱,
在昏黑中构建繁复,
从冰霜映照的光芒中回归。
只要凝神便能看见,因为无形的它
不向愚昧浑浊的眼睛隐匿,
后者一心寻求安逸,

只想确保驱逐衰老、寒冷与死亡,

它们编织临到之绿的千万金银花彩,

这绿意真确,整装待发,

我能看见,握住目光的缰绳,

支付过路费:看见,而不在它可怖的美中迷失

一说

目光落在哪里都有惊喜
如柳枝上那对欧歌鸫
一说,互相捉虱子,
亲热交颈,鸟喙在羽毛间
来来回回,随后似是亲吻
或将虱子喂给对方
落日余晖的枝头,停下目光
是一种享受,不去想其他
只随处观看那爱意如网
在沙里兜住生命,
出神片刻,并非成为智者,
而是摆脱巨大商品的重负,

自我向来在这中心,不是唯一河床的光或影
目光在那里停下,接受洗涤。

圣罗莎的青蛙

九月神圣风暴 *

炽热光晕的新月下

我看见暗淡的星绽露,

坐下,沉入青蛙的困倦

它们唱出悠长的音符

飘向天空,或大地中心

或更确切地说,飘向虚无

仿佛金属摇滚

向内迷失

---

* 圣罗莎风暴(tormenta de Santa Rosa)是每年 8 月底至 9 月初在南美洲出现的风暴,由春季的暖锋与原有的冷锋碰撞形成。相传在 1615 年,有一队荷兰海盗意图靠岸袭击当时名为"王城"(Ciudad de los Reyes)的利马市,一位被称为"罗莎"的修女在教堂中带领大家祈祷,于是风暴骤起,荷兰人无法靠岸,利马幸免于难。

那里我不再存续

只为在无形的潮水中起伏

成为巫术里暗光的

鱼群　蜂群　鸟群

当形式消弭，它哺育和杀戮，

但请看，它获得了

无形无声我尚未知的东西

一日尾声

欢迎,寂静,我的朋友

黑夜平息风的喧嚣

当风如战士

怒火舞动于林间

渺无影踪,我却看见它

涤净内心的噪声,当心灵

如凤头鹦鹉沉浸于自身

单调粗野的嘈杂,而你,我的寂静

山的雷鸣匕首,撕开

积聚的污垢,

精细直觉的疮痂,

它死于对专注的纯粹渴求

那里自我消失,

唯感官紧绷

向着有形之物

与其接近神明的无尽幸运

寂静,我们遭到背叛的朋友,

在日子的黑暗疾风里

准备好面对天知道什么东西

那里灵魂如虱子般迷路

于世界杂乱的毛发

伶仃

温热的面包

青春白日的咖啡

这白昼唯有

向东飘扬的金色云彩

将之隐隐照亮

一如我在此醒来

美在心中满溢

或在生命的血液与温热

庇护我的地方

这生命轻盈行进

在深深的河道

当一切闪耀

同时成为历史

伶仃,完整

完美且无名

如无形的森林

每日变换万物

无人看见,直到有

被疼爱的孩子

纯真的眼睛

惊叹不已

"那树那花

那叶间的鸟儿!"

诧异指向

上帝的造物

他突然之间

让平淡之物

充满魔力

在青春白日里

伶仃,无名

完美且完整

如面包和咖啡

被一朵东方的金色云彩

落在桌上

照亮

诗学

是的,诗歌

只简单存在,

不是躺卧如女王,

而是变幻不定,如我们所见

是的,不合情理的一切

从苦痛到幸运,反之亦然,

就像无瑕的花瓣散落天穹

是的,它正凋零,

但花芯里,蓓蕾簇拥而起

被时间最终缀连

下个四月,另一团花

会再次如今日般纯真绽放

是的,为了展示

物质的完美耐心,

当然,万物似乎有些糊涂

没看见死亡只窥伺着美

也恰是它唯一的猎物,

死亡饥肠辘辘,与我们多么相像

我们拥有全部的诗

它并非躺卧在那里,而是

由观察者持续打磨,

囿于自身,

是的,不见他物

因此错过了万物的

完整仪式,那里有人

像我一样修剪花枝,

是的,或许我才是

被修剪或被观察的那一方

因为诗歌只简单存在

我们并非唯一揭示或被揭示的存在

六月小贼

一天天地过去
要我说,太快了,
以为刚开始,
其实已经结束,好吧

如果这就是冬天
我们恰好
在冬日中央
坠入最长的黑夜

这一年匆匆而过
太狂暴,太短暂

好像昨天才开始

似一道闪电

夜晚也消散,

漫漫长夜

美丽而孤单

我不知道现在

要怎样抓住

它的鬃毛或黑尾

当它驰骋而过

我只能惊叹着

呆若木鸡

仿佛黑夜永恒

而白日短暂,我想,

多漂亮!当我

在摇篮般

宁静的小岛上

那里我并不沉眠,

不,不会

也不做梦,只是身处其中

微微迷失

没有察觉这小贼

窃走了

藏在年月里的

夜晚与白天

多甜美,要我说,

我同样喜爱冬天

暴怒

弓身跃起,后腿站立
又跃起,在空中飞扑
从这边吠到那边
好像不曾落地,好像跳跃的冲力
才是瘦弱身体的真正重力
孤独与饥饿刻入肋骨
凶猛成为不可触碰的美
然而,我每天停下,与它说话
若是扔一根骨头
似乎背叛了我们心照的顺服

就这样,不以奖励或肉渣的伎俩

来平息它对世界的暴怒
——落入这般处境
在空荡荡的房子里
看顾并不值得的东西
得不到丝毫爱意
是的,它定能一跃到达天空
我正追求正希望如此
当我以神圣的耐心在它身边顺服
给予它家犬最高的荣耀

所谓独立

今天是七月九号

在我的国家被称为独立日

就好像真是如此,

可我们还没能独立

挣脱这该死的饥荒

它束缚着我们

这里和外面的人们

当他们饰起天蓝和洁白的丝带

这是最黑暗的痛苦

那些没有工作的人

黑的饥饿,黑的龋齿

黑的争吵,黑的气息

而衣冠楚楚的先生们大叫着,
"你想要什么?"
要求用棍棒把他们赶走
这些黑色的人,让他们死在看不见的地方
过去的一切,没有实现
我的国家所谓的独立
历史脊背上的洁白与天蓝
这染红的历史,压在他们身上
斩断桥梁,没有斩断隐藏的死亡
这九安身在九十个九的谎言里
庆祝着,大地上的什么

史诗

为什么反复尝试

总要失败的事情,

我们想要重振

昨日在喑哑喉咙里

曾骄傲说出的话,如同翻新一件旧衣,

或许不是为了话语,

而是为了那些

从历史被抛至房子里间的人,

借助失败,也许可以

让混乱或创造暂时有序

它们带着银印,紧密相连

如上帝的手

奇迹的花园

一大早,母亲就尝试
给我打电话
到下午,告诉我:
"天大的好消息",
天鹅绒一样的声音,
神秘、平静而温和,宣布
"小木兰第一次开了花,两朵"
自有天意,我想,
甜蜜的水在我心里漾开
这木兰,父亲看着她种下,
多年后忧伤地说
"这么久没开花,万一你看不到了呢"

而我，一个又一个夏天哄骗着，

相信着，或者重去看

科勒加勒斯*小广场上

盛放的小小玉兰

我偷走这洁白、芬芳、脆弱的女王

在远处仍闻见它的香气，

就仿佛是，仿佛一块复活节的圣饼

或爱人的身体，融入世界的美，

正如我母亲现在的感受

她说出来，声如圣歌，

我曾多次保证，

明年夏天就会开花，你看着吧，

今天终于得见

这次，美与天意一同

胜过了时间

---

* 阿根廷首都布宜诺斯艾利斯的一个街区。

故事

拉佩尔拉有一个神奇时刻

入夜,所有鸟儿齐声歌唱

青蛙和蟋蟀欣喜难抑

把黑暗的水渠

变成了悦耳的阿卡迪亚*

九月在其中沙沙作响

几个常客一同去蒂塔的店里

像圣人升向蓝天一样

步上台阶,一个说

很开心见到她,

---

* 原是希腊一个地区的名称,后在文学中指代田园牧歌般幸福生活的理想世界。

能单买几个土豆吗?

不行,她回答道,因为连成袋的也没啦

就这么为万物添上风趣

头顶星辰亮起

这一刻庇护着我们

水晶

二月离去,宁和平缓
每个人,整个自然

都凝滞在阳光下
仿佛一颗茧,反照在

清爽平和的凉意里
当光线暗淡,夜幕降临

最后一群蜂鸟
穿过林木感激的枝叶

休憩片刻,于是我的灵魂
与万物的灵魂都熟知

这份忧伤,美之手
友好真确,多完整多脆弱

如西天诞出的月亮
当太阳退去,任它显露

有什么升起,什么下沉
例如二月的甜蜜

邻里个个恭维它
以坚定的热烈

让它愈发美丽,感谢那
慷慨的启程,它似乎在说:

生命正离去,因此你们见它闪耀

我的孩子们,现在,啜饮它吧

拥有什么就拥有

被三月的美好日光暴晒

我只差给白发编个脏辫

河水渐渐冷却下来

太阳炽热，流水冰凉

随后笼下傍晚的清爽

三月长长曳过露的斗篷

塔丽塔奔跑在她的猎场

而我迎来最好的旋律

诗行在我脑海里独自成形

在水的奇妙共鸣箱里修琢

然后我们回家睡下

圣人一样，塔丽塔和我，如我们所愿地活一阵

任凭清晨的忧伤席卷而来

拥有什么就拥有,让我享有当下

事物看似由我们决定

一条野狗在深处走过

寻找某物或某人的踪迹

无主也无伴的弃儿

人们见它流落山中

在灰色的清晨

"希望狗儿们像鸟一样自由"

昨日邻居这么说,但什么是自由,

我是那条狗,或是我所认为的那条狗,

时而如狗一样孤独

房间深处的目光窥探这话语,

一只红额金翅雀

在枝杈间扇动翅膀

跳跃，进食，排泄，仿佛很快乐。

狗沉默着，金翅雀歌唱。

留驻海中

那万种无害的事物并不总是
为冒犯我们而存在,只是我们
目光短浅,沉溺于私人的苦痛,
淹没在统治感官帝国的畏怖中
困于对失去与无法拥有的危惧

死亡至为明亮的眼睛紧盯准星
似一位母亲正要说,没关系
她活够了年岁,见遍了
万种非凡的事物
盛放、飞翔、奔驰、成对
或已无计奈何,什么也没看见

这盲人不关心奇迹,命轮中
手握面包,却以为自己无齿可嚼,
饥馁而亡,直到死亡柔美的眼睛
合上他的盲眼,教他下次再试
在那些向世界抒怀,
将世界维系于其位的万种事物间

它们并不总是为冒犯我们而存在,
鲜活的事物,眼睛明亮至极的黑僧侣
在反光镜里,造物闪耀其中

让我们靠近,让我们远离

潮水暗涌,冰冷的某日

小小的乌腿冠雉正沐浴

我听见她的笑声,

在冬日清晨的慷慨阳光下伸展羽翼

仿佛我也同她一样

快乐地单腿站立,

跪倒感谢新的和弦,生活将之授予我

为了串起彼此的盛宴,在太阳的金色细流

与时间里,那里生活沿着河道

平缓流淌,仿佛满意玩家

——他知道卒子是皇后——的规则,

他们跪伏在地,额头相向,从言语到行动

或从行动到彻底迷失,彼此影响,

最好之事如闪电而过,随后马上是词语

思想并不能完全贴合它们,如小小的冠雉与我,

在不可言传的天真里,永远轻晃对方的摇篮

但不再有深坑

因潮水的甜蜜上涨变成湖泊

没有柏树的枝杈反照

也没有你,单腿站立,

与我,跪伏着,新的和弦现在奏响

为了寄予信念,什么的信念?

对我们的信念,坦率面对无尽,

澄明的神性与纯净的供奉,在羽翼间欢笑

宽恕之日

我此生历经的一切中,

那些天真之物我记得最深,

尤其当年月飞驰如驹,

匆匆掠过,扬尘一痕,

但恶习总在游荡不息,

玷污惯常的清明,它因魔力到来,

又因野蛮的恶灵离开,

四处游荡,残忍地想,恶意地想

这样那样的事物,尤其是

永远美丽坦率的天真,要将它给予别人,

想得最多的还是别人所拥有的,

或拥有它们的愿望,似我一般真确,

来回施受，很自然，
倘若我们把事物细看，会多容易迷失
在并不计算的天真的美中，
它只见到深度，见到生命独一无二的浓郁，
清点账目，在瞬间被召唤之处，
瞬间给予我们的只是健全的灵魂，
故作聪明的灵魂，知道什么也带不走，
只是收获，只是继续乘着风的轻鞍

不言之教

人言老子谓文子曰:
玄哉,万物为一,
瞳兮若新生之犊,
而见彼处似无之物。

在宗师优雅的目光中,
我想象他的爱物之心,
尤爱光洁纤小之物
摇荡不定地飘升,
遗失的又重获,
如风在苇丛中,
如苇丛任水流过,

喁喁低语如爱侣,

深知对立只在一时,

只为演奏会的声音臻于完美,

尔后就幸福地

一道躺卧,永不抛弃

泉源,在真挚之声中笃定

高与低并不彼此废黜,亦不互相定义

只凿刻对方的冗余,如此

昨日风中冰雹摇撼的小花

今日又在枝头绽开

在苹果树雪的吐息中,

树上那斑尾林鸽

柔美地呼唤,仿佛

老子正对文子说:

犊儿,玄哉,万物为一

线

为找一枚大头针,我打开
这玫瑰色镀锡小圆盒,
它伴我迁过那些岛屿,一间屋
到另一间屋。我在盒中找到
无穷无尽的彩线,

妈妈送给我的彩线,
她爱护的手早已预见
不时之需,我抚过这些细丝
好像如此便能摩挲她的手
在无限之扇的细节中,

它们宛如日渐松脱的珠链

晶亮地滚动,

对曾经的一切,

我心中涌起感激的忧伤,

我们得到的这些表示

仿佛理所应当,

我们本该却不曾留意,

许久以后,我们才

恍然大悟,在这神圣的一刻

面对这些丝线,

蓝色绣花线与红色丝光线

结实的白缝线,卡德纳牌的黑线

还配有小纽扣,以备未来的修补

它们俱在屋中,

如今你的女儿垂垂老矣,孤身在世

含泪欣赏它们的小屋

圣餐

连日大雨,带着夏日的威力,
而今吹起清新的西风,
斑颊哀鸽啄着青草,组成三重奏,
蒲苇似要射出,花儿泛红,
蜂鸟在隐秘的风景中饮蜜,
这间屋立足于伊甸的一瞬,
一瞬是此刻,是喜乐,
将银鲈变作庄子的鲲,
尔后又变为鹏,
我不知该不该继续讲述,我更乐意
永远留在此处,伴着最微小的事物,
一如无垠喜乐中的我,那儿甘蔗飘香,

我利索地烤好蛋糕，想呼唤全世界，
告诉他们，方才我多么幸福，
在如天上的棕翅鸠的羽毛一般
铅灰的暴风雨遗下的彩虹中，
我不知道我们寻到的为何遗失，
也不知道它隐蔽在夏日的威力中
是如何被我们寻见，又或许，
对于盲目的心，
对于不惜一切定要不幸的执拗而言，
它简单明了，显而易见，
好，我们吃吧

幻象

当清晨的阴影变幻,

神秘地沉静了堂奥,

当微风不将谁惊扰,

仿佛叶间鲜活的呼吸,

当绿浮出深暗的渠,

航向光线天真的绿,

当万物苏醒,尔后又平静,

嵌在清晨的静默里,

秧鸡在远处轻柔单调地啼鸣,

当奇妙的平衡达成片刻,

夜的边界被晨光占领,

那是肃穆,是许诺,

当我们无所期盼,

每秒钟都至美至重,

或许我们就能够幸福

毫无干系

身体的谐振迟延,
身上的目光更迟延,
它能察觉它看见的,
但它在过度的美中迷失,
在风平浪静中酣睡,
于是什么也没有看见。

我早晨拜访塔塔,留下
看马里奥和他如何工作,
在屋脊和桁架的魔法中,
在柳树的波纹下,
无形屋顶自虚空立起,
他们谈着天,钉子颗颗落下,
馥郁的木头旋转,

塔塔指挥着：这样，那样

而马里奥慵懒细微的动作

令我昏昏欲睡，

仿佛无风的死寂镇静了身心

除了当下，再没有别的因由

打牢钉子，刨平木板，

令它光滑如丝，寂静的丝，

拂过它的是微风，又或是公鸡锋利的啼鸣，

丝绸折起，在这个我如此熟悉，

从小便认识的世界上，

对那被爱的，总是亲近如新，

我开始听见，开始看见，

如此诗句归来，似黄昏的羊群，

于是我不再担心我的诗歌不合时宜，

不再担心要对此刻负责，

不再担心我是不是已变得

——我甚至已不害怕这俗滥的词，

我本要躲避它如躲避一只癞皮狗——
抒情。

但我确然害怕它的脆弱，
如此私密，却向广阔的天空敞露，
没有屋脊，也没有遮护

蜜一样甜,尼加拉瓜,尼加拉瓜小姑娘

格拉纳达*广场的清晨
我听见它。旁边坐着一位优雅的大小姐,
穿着克里奥尔式的大摆裙

好似虚空的女王。我问道,
是谁在唱歌?她灵动的小眼睛
在脸上闪耀,洋溢的热情
颤向广场的树木。
"破晓时,它以歌声
撕裂黑暗,辉光降临,"
她说,"仿佛圣灵。"

---

* 尼加拉瓜西南部的城市。

如此,她声音的火焰

让尖梢的黑色号手*啼啭

于是我在格拉纳达领受圣餐

当上帝的鸟儿两处歌唱

就如诗歌之于诗人,解放。

---

* 原文的 clarinero 一词既指"号手",也是大尾拟八哥(Quiscalus mexi-canus)的俗称。

冠冕上的八行诗

二月的最后一日

从受伤灰色的指间甜美地溜走,

背着它敞开的圣杯,

涌出逃亡夏日的美丽点滴,

身体全心追逐它们,

但灵魂却迟缓愚笨,

目睹它再次离去,

在哀痛里耽延,

就当今天持续到永久吧

饮它嘴唇献出的血

而非燃烧的蜜,知道

这是过去的光阴

至甜的浆,至暗的影,

纯粹的供品,溢出

泛起石榴颜色的叶,

夏天最末的那些花朵,

娇柔地绽放,

白昼美丽无双,

夜晚更添脆弱,好似幽灵,

仿佛光与睡梦融汇于

这朵二月里晚开的茉莉

这些成束的蔷薇,一朵嫣红

一朵洁白,珍珠母的光辉

滑向夏日末尾

苍白却热烈的玫红。

世间万物都送别过夏日,

如今轮到我闭幕,
我想不言不语,
不哭不怨,幸福地放手
在它的美中,
在它全然的确信中:
临别时分,一切业已完成,

今日终结的这支舞蹈
勇敢的冠冕绽放行礼,
而静默即是掌声,
在预备迎接命运的事物间:
活过一生,化作烟云,
仿佛舞者最精妙的技艺,
轻捷的动作掠过风,
知道何时随风而去,一次,永远

哀歌

四月以金雾裹住她们,
两个坐在院子里的女人
正在编织,交谈的脉络

小心地延伸,她们
言语温柔,犹如音符
在键盘上精确地奏响

而旋律裹住木头,
如一只手套,她说
"我爱你",怎样都好,

我如此信赖你而你如此美丽,
令我也变得馥郁、成熟、干燥,
如今在秋天中,曾经在夏日里

好像一切都不,或一切都是这样持续,
携着节奏步步前行,
直至如今我们深挚的同一

她无声地说,语气惊异,
微小的旋律
不习惯担负寂静,

那一次却懂得缄默,
带着奇异的滋味
向木头甜美地俯身,

两者合而为一,

在彼处闪耀的钻石圆环里，
光阴不曾休止，一刻不停

母与女在爱中投向彼此，
如斯封存最神圣的一刻，
在丝绸箱中谦卑地保存

最美好的记忆，犹如圣物箱里
一生所有场景汇集，
镀上明亮闪色，

那里有一个中心搏动，
织起重重变化，
调节爱的质料中

燃烧的光与影，
这爱并不因悬而未决的矛盾

痛苦闪耀,在弓与箭之间

运作的紧张里,因为哀伤
已做出公正的调解,
一切都被哀伤洗涤,如水流过沙,

如今只剩这金色的空间,
它属于年岁匆促的流逝中
或许匮乏的

一种缓慢体会的幸福,
但爱并没有减少,
即使沉默的力量更贵重,

她们两人在那里,多美丽,
四月金色的圆圈中编织
无形而神奇的心意相通

五月的玫瑰

苔藓装点着灰,每一根花枝道别
犹如午祷。玫瑰在凋零。它生来洁白
又在五月炽烈的激情里迷失,变红,

再之后,花冠转向冬天阴郁深沉的蓝
这个五月却不同,竟成了它的棺椁
如今她蜷缩进大地抛弃了的寂寞的干木

当她在轻盈的空气中完成祷告
当她清点完那么多个
在白与红中盛放,对她而言是春天的秋天,

我尽管爱她,却看她看得不够,或者说
我不在那里,如今我多想重来,在一月思念她,
　　将她重塑
当母亲如圣母般沉睡,永生不死

身后曳着五月蓝色的余波,她们两个
渐行渐远,向我展露每样事物脆弱炽烈的奢靡
它们在记忆中找到独一无二的坚忍

我们晚些会懂得,这最微妙的质料
而五月得到被爱者毫发无损的鲜活回忆,只为
有朝一日将它舍去,当我们甜蜜地彼此分离

直到变成夏日撒落的一枚花瓣的芬芳
或斑尾林鸽的歌唱,喧嚣中那心爱的音符
几不可闻,它飞回几乎从未离开的家

无论说与不说，谁都知道五月的渴望
它倚靠着记忆中的另一个五月，有奢华的紫色
还有赤裸激烈的威胁，在枝桠间颤动

如今无可挽回地抛弃的那些，我们也倚靠过
一边称量着即将抛诸脑后的那些事物
所珍爱过的生命的回忆，我们已在沉入

黑暗神秘的海，那里只有爱
能够支撑我们

杂技

晨晖正拂过

深处的白霜

火光在冰镜中

舞蹈，镜面上滑过

溜冰幽灵的一声呼哨

他在空气中划着圆与螺旋

在近邻的山中迷失

我想是在拾木，又或是

收集松柏的腐叶，

旋律婉转，纯粹的魔力，

鸟儿咕咕啼鸣，少顷

整场演唱会奏起，

更似羽毛的寂静,

霜冻上天鹅绒的颤音,

令我们苏醒,对冬日之心低语

你已到来,我们会知道

你能否优雅地抛接

做着梦的微末事物

比如幽灵的呼哨,比如

朦胧夏日甜而远的热度

世界公民

巴鲁赫,我的朋友,你可曾像我一样
赞叹悬垂的一须草叶
透明清晨的某一只鸟儿

仿佛如此你便望见上帝
无处不在,在绝伦的美中一次又一次
降生于每个生灵,降生于你

降生于我,巴鲁赫,我们在炎热的早晨迷失,
但也全神贯注,是的,倾心于
被微风拂过的一只乌鸫或一叶药草

纯粹的坚固，我们没有这种坚固，
尽管我们的确拥有知识的羽翼，
巴鲁赫，我的朋友，在全然屈服的目光中

也有狂热而体恤的爱
在他物之中，在我们之中
看见成熟着的上帝，

我们也俯身于至美的水果的毒液
她即是上帝，即是生命与荣耀的代价
你现在望着她，又或是昨日，又或是明天，在透
　　明的光中

有其他的眼睛，巴鲁赫，
更新恩典与物质的许诺
我们知道，它总是携着死诞生

鹤望兰

当我看见

天堂鸟的同一枝上昂起

双生的羽冠,看见

这物质流血,只为成就

整齐的优雅,喙和翅翼

在空气柔婉的弧线里

支撑不可能,它的重量

溶解在橙与紫与蓝色中,

下方沉淀浓厚的血红,

奋力催动受难的粘液,

它劳作着,希求最轻盈的形式,

涂亮雄蕊与花瓣

还有巨大花萼上迸发的色彩

一枚碧玉尖利地劈开空气

像一只天堂鸟真正的喙

我感到

一阵神圣的颤抖,一种畏惧

起自我的身体,它也在肆力劳作

要把我立在空中的形体抬得更高,

形体专注地看着这些花儿

它们的剧痛,它们的美丽

这些名叫飞禽、鸟喙、上帝的羽冠的花儿

缚在根上,却想开垦空气

代价是缓慢地流血,以最轻的优雅

在最沉重的质料里

欲望,又或是迷茫的模仿

代价竟是如此高昂

让它们在弯曲的花葶上相信
必须要挣脱,才能用顶端
劈开空气的甜美

斗牛动作

我看见自己缓步慢行，

为那金色的走廊眩晕，

它通向岸边，在那里

时间终止，那无边者到临

他背向未来，掉转身体

朝新生的万物微笑

仿佛心灵面对冬季

有一瞬，他直视

枝桠之间的赤裸

以静默的惊异

尔后定在一只疯鸟

奇怪的歌里,它低语着什么

在树叶的抖颤上,在冬天

空荡怀抱的心跳上

我看见敌对的时间

对英雄关上门,他们终有一死,

在匆逝的胜利之火里

消融,阿喀琉斯

哭帕特罗克洛斯,也哭自己

他自知命如朝露,那等待我们的

将不会转过身来

它在至阴的河边等待,有那么一刹

从我们身上见到我们的儿女
我们儿女的儿女,当另一个

并非战士也非神祇的人,游吟歌手,
饥肠辘辘,褴褛中自足,
在窄廊中欢迎我们

最后的非凡光芒
在那里翩翩起舞,
不知是自由还是身陷囹圄,

仿佛邀请我们参与宴会,
与那美丽的失败者结盟,
到底是缩短的时间,还是

浮出他甜美血泊的阿喀琉斯
在哭失落的事物,哭只能以这种方式

永远拥有的事物?

他寻找一个中心,寻找
贫儿落落寡合的眼色
孩子说,你比谁都幸运

你按照你的尺度,
如一位无限的神明
造出现时的光辉,

它走着死的绳索
因此才灿烂夺目,
而通体黄金的精灵沐浴

被存在之悦磨损的他人的光,
刹那间它看到自己身处漩涡,
或还未得见,就汇入咩咩声中

羔羊走进牲畜道口

迈向伟大音乐会的颤抖

斗牛动作已成，我们双眼矇矇

诗歌 [*]

四只羊毛厚实的茸茸小绵羊

从诺诺庄园前的小田地看顾我,

齐声咩咩,它们摆好姿势,转过脑袋

小脸漆黑,全神贯注,浸甜我的灵魂

当太阳眩目地沉落,

新月纤细的弧显露,如天上的舟

金星看顾她,一如那些绵羊看顾我

在那里,这梦幻图景上方,或是下方,

这里,锦缎纷落,尔后在簇新中重生,

柔软的锦缎,属于一位日本或韩国的老妪

她要忘却世上的一切,不幸或幸运的名字而非滋味

---

[*] 原文为英文。

手拿鲜花小袋,离开前赠给我们

洁白甜柔的一枝,最后的美丽诗篇

在昨日或明日的河中摇荡,我不知道,

亲爱的贝尔基斯,我们的日子结束在一道闪光和

 一声咩里……

无知于奇迹

满月从棕红里

升上东天,如同

一枚新破开的鸵鸟蛋

缓缓滑动,呈给眼睛

神圣的惊异

心潮澎湃,在村落的边沿

鸟儿们对荣光最后的美

说是或说不,一只狗在路旁

快乐地撒尿,无知于奇迹

它消逝正如四月消逝

沿着玫瑰色的羞怯滑向鲜红
成熟的心,它的确知晓

而诗歌在后……

一只小黑虫

爬进我家中

猜它是个甲壳虫

扯下毛巾把它轰,

结果——

"吱吱!"对我嚷不停

直到把它丢出门。

"小虫子会讲话

声儿还这么响!

惊得我心慌慌。"

波罗塔姨妈笑着对我讲,

一遍不够,又添油加醋:

"从没听过小虫子对我嚷,
吱吱求我把它放。
我活了八十岁,
还有些耳背。"
萨瓦利亚村里最受欢迎的姨妈
为这绝无仅有的奇事笑哈哈
八点叫我一起喝两杯马黛茶
一天就这么过完了。
这个故事多精彩,
小虫子吱吱嚷
把话儿和我姨妈讲,
它知道她听着,
而诗歌在后……

离家

可以想见

露台探出的花会让我们着迷。

孩子们,

巫师帽搭在头顶。烟尘的毛领

唯有语言将之塑形。

跳出去吧。

跳出祖宅的花园,我们长大的地方,

湿气侵蚀,破败荒弃。热爱深色的败叶,

腐烂的蕨草,在记忆中完好留存。一个接一个

我们发现,面对爱的蜃景,暗影里的山丘,

永恒的内心之火如此必要,

孩子们,

心中缀着游荡之意：

在惊悚与幻梦的前夜，

将何等灾祸交由我们延续。

时代

他的身体安憩塘中

欢宴永续之所

若光不照亮草叶

陶潜会点起灯

我是他温和的心

暮色里

老人走下池塘

望着水草间我的身形

等他回到丘上

又会点起灯

嘴角苦涩地咧开

嘴角苦涩地咧开。
野兽的眼神,悬在
岁月朴素的肖像上。
我要和她们一道
去唤醒生者与死者:
五月广场[*]的疯女人。

---

[*] 五月广场(la Plaza de Mayo)是阿根廷首都布宜诺斯艾利斯市的主广场,位于总统办公的玫瑰宫对面。魏地拉独裁时期,儿女因军政府镇压而失踪的母亲们在此集合,每周佩白头巾绕广场沉默步行,以示抗议。她们被称作"五月广场母亲"(las Madres de Plaza de Mayo),但当局为维护形象,将她们贬斥为"五月广场的疯女人"(las Locas de Plaza de Mayo)。

读一首李清照

我醒来,
掌权的巨蛇座
导引着
船头航行,
盲眼的蛇静止,领我
来到沙海。太阳熔化我们,
岩间飞鸟
划过空中
影子壮美
穿过
我们手心的清泉。
丝绸滑落。

长路漫漫，

我们的脸孔相连相携，

走向黄昏的另一边。

赤露的羽冠预备好

赤露的羽冠预备好

迎接海,

迎接幽灵水银上

迷人的轻触。

茧中波浪摇荡

削断目光。

一盏橙花杯。

樱桃树,隐红的小尖

生长。桑葚,

桑葚树上,

栗顶黑鹂啼声婉转

我打开了你的心

薰衣草留存
白蕾丝的闪烁
听命于记忆
似蜜甜的果肉
它来了吗,还没有吗?
在洋李的树上

吞掉我的爱吧

森林低处垂挂
一缕又一缕紫藤
对抗全部的重力。
指尖轻触
藏踪的百合
低地小小的蔷薇。

死亡衰落在
群集的鲜绿。拔去,

我亲爱的,心上的钉

要么就让它沉进
鲜血翻涌的帝国。
心的跳动伴着回音

望着我吧我的爱

广袤,徐缓,
你怀中苏醒
小园一爿

漫步早春

漫步早春

沿着岛上的小径

看树木燃放究极的美好。

流连于形态的绝妙细节。

头戴卷须之冠,

我也是家中一员?

直至年岁尽头,仍能

新生并展露童真。回到事物上吧。

一座沙的花园,知晓

石头也不乏鲜活。

多元中的智慧,重复里的美。

那就是将我们分开的

无形罅隙吗？顺服中的自我，

或许树木梦想着

野性恣意的花园，在那里

改换秩序，成为自己的主人？

植物的世界里是否有传说？

我细嗅手腕上

你某个夏日购买的玫瑰香水

又忆起你喜悦的笑容。

循例，小艇滑过

常新的落日水面。

柔美的春天

带来它的幼孩与死者。

安图里奥不再揉搓他自制的面包，

也没有呆傻的老人将笔记本交到我手中

里面记载着鲁滨逊在遥远的荒岛生活

所需要的全部秘密。

在老迈与聋聩的衰颓里，

鬣狗流浪着,比他们活过更多时日。

一个聪明的灵魂问,她的朋友,

另一个冬天埋存了她的记忆。

夏日的蓝蝴蝶还会回来吗?

是的,我的爱,它正等待你。

我在形态的幻梦中高举我的永恒。

爱

爱

臣属于它的领主:

时间。我说爱的时候,

说的是生命。走吧。主啊,

让我摆脱一切王权,

它可悲的代价。我很孤独,

这就像是说,我已死了,

被你深沉的美捕获,

蔷薇,

角落的穗,遗忘。

冬天会不会变成

八月抹去的一场梦?

如果生命倚仗记忆，

创造就是遗忘的癫狂之举。

在黑暗的走廊里

我看见你歌唱的模样。

巨鲸和狼群

在冰冷的夜里

为我歌唱。我是女王

面对着另一位女王，

想给你王冠，

而不是头颅。我统治的是

疯女的王朝，并无君权，

历史划去我的名字，

我是传说，是不可呈现的记号

而你，却建起罗马

——致阿玛利亚·卡罗齐

更美抑或更烂漫

更美抑或更烂漫?
这五月的玫瑰
霜冻之前
堡垒里最末一朵。
我自认如此
桃子般绯红
空气中凝冻
像一位贵妇人
祝颂终结

恐怖是否是一种细节

恐怖是否是一种细节
如一片花瓣
坠地之声?
我们脆弱,才能见到
相依的梦
什么被看清,或许就在
目光中永远矗立:
形象在灰烬中重塑
那里我们永不道别

捕梦网 *

恋人无法,在巨人柱的花间

再次找到她。无法在啁啾的小鸟中

——祖母绿、松石、亮红与咖啡色的——

寻见她的气息,花蜜,他荒漠的震颤。

我看见他在毯子上做梦,看见他腰带上的

绿松石,荒漠的珐琅肌肤。

俊俏的小伙子。或许是他制作了婴儿床,多漂亮,

九个月里所有父亲都会为新生儿备上一张,

还有捕梦网:玻璃珠房里的蛛母,

---

* 捕梦网,美洲土著文化的一种手工艺品,以柳枝为框,中间编网,搭配羽毛和串珠作为装饰。土著文化中相信捕梦网能让好梦从网中穿过,将噩梦困在珠子里。在奥吉布瓦族传说里,一位喜爱孩子的蜘蛛女每夜来到部落里年幼的孩子床边,为他们编织一张可以阻挡噩梦的蛛网。

飘动的优美和轻羽，由爱编就。
捕梦网：好梦成歌，噩梦
绕着小圈回归故土，
回到供养我们生命与行动的梦的广泽。

美洲纳瓦霍血统的俊俏小伙子，
我看到你，没能与恋人告别。
远方，沙岩的红桌。
你爱的她，像弗拉格斯塔夫与我搭话的女孩，
与我一同编织碎料，
纳瓦霍姑娘，青春明耀，
我，年老的美洲白人姊妹。另一位，
更漂亮的老妇人，小峡谷近处
路边帐篷里，在绿松石间
恬静微笑，没有对我说话，但
注视我的眼睛，是那个智慧的老人
告诉你，不，悲伤至死并非称颂她的方式，

无论是于你，于支撑你的土地，

还是你爱的人。因此，她答应见面，

再次且永远，让你明白

当她离开，一切都会回来。山尖，

曙光照见他们相拥。她对你说：

我不再回来，但永远在你怀中。

俊俏的美洲小伙，你没有信守

不再跟随她的承诺，我理解，我也不会

这么做，欧律狄刻需要变老，

不再成为俄尔甫斯，而是一个老妇。由此，

大地分开，河岸无法跨越也

不会闭合。训诫显现。峡谷。裂开的伤口。

坚不可摧的美。水，雪。只要活着便永远教导的

 石上的

有机天鹅绒。只一片大陆与我，

老妇，女孩和你终将屈服的美，

我们编出梦的珍贵织物:

赞美痴情的大地,用轻羽

将昨日引向明天。美梦与

噩梦,绕着小圈,回归

故土,广泽,它们一同供养

我们的生命与行动。科罗拉多峡谷的传说。

圣米格尔德尔蒙特

圆形的湖

如一颗白银的心

我能否坐在这里？

日复一日，在她的脉搏里

等待着词语终于

从她的嚣动中诞生。那是她

独有的声音，她在怀中将我轻摇，

我知觉的律动也拥住她。

水的勋章，

无尽的绿。我的

手指追随着湖岸

如同抚过

精致茶盏的杯沿,
探不到底的深处
只有一同律动的脉搏,
在那里,我将是,且曾是
自我的消散荣光。
唉,我亲爱的,我给不出的,
我也不懂得接受。

人质逃脱

七月季夏,若是植物迷失,
我也一样。我的双脚
行走如根系,前方是这张
我母亲记着的版画,
在她待过九年的学校里:
一张奶牛吃草的版画

她曾自问:"我该说些什么,
写些什么,这有一头奶牛,该怎么办?"
这庞然大物让她痛苦
无法展开描述
"这牛占满空间

我该怎样称赞和思考?"

直到有人告诉她:"往后看"

她反应过来:"对呀!我想到:

牛奶、奶酪……还有其他,意义重大"

我的眼睛发亮

这故事听了千遍,我已完全理解。

我顺着她说:"是的,晚上

奶牛长出翅膀,飞起来

在云上吃草,三叶草闪耀在

它露水与草原的眼中……

奶牛呀你的奶牛。""没这么夸张,"

她笑着对我说,从小小学校的窗户

看着我们愈走愈远

那张我仍记得的版画:

"一定还在那,挂在墙上"

奶牛,忍受痛苦或

径自驾着魔法驰骋,

109

年少的母亲，

我的宝贵同谋，

与我一样偶尔迷失。

这是秋天

生活的赠予

舞步

今天,死亡以全新的方式
到场,降在我(而不是别的东西)
身上。我的身心预先知晓,
只是我,还不知道。

死亡爬上我的肩头,
半米外一只蚋莺
振翅,仅仅三米外
家鸟互相求爱,

两米外的草地上
雌火鸡

晃荡着,啄啄食,
像在踩舞步,

降在它们身上的生命
新如降在我身上的死亡。

迷狂

在旷野中动作
如猎人的做派

如风起舞呼哨
在旷野中

如岩在湍流中,如砾
在冰雹中,如蚊子

睁着眼睛
目不旁视

在旷野中
不假思索

已不见,
不见一物

银光飞溅

每日十一点到访

即便是雨天,蜂鸟

前来吮吸白色的茉莉

在围墙网住的国度

其下巨人的额头探出

一只眼睛仍注视我

自角斗士的黑

转为绿色的纷乱……

北边的乌云积聚

雷声压灭

绿色低地上

自然的细响，

两只蝴蝶翻飞着

求爱，仿佛声明

"我的感觉

风暴也无法掀翻"

就这样，在萨瓦利亚的日子

一天天过去，而我等待

一首诗的到来

将我从时日的厌倦中救出

或是等待一个女人

扇动珠翅

飞舞在我身后

或我

在她身后

仿佛我们

是领头的老妪

让月亮闪耀

银光飞溅

附录

诗歌是文学里的"黑脑壳"

西尔维纳·弗列拉/采访

发表于 2009 年 3 月 23 日

诗人刚刚出版了一卷 1202 页的诗歌巨作。她指出:"诗歌要求开敞,要求抛弃羞耻,人们在哪里思想那些不敢高声道出的事物,诗歌就在哪里安身。"

迪亚娜·贝列西打开家门时,塔丽塔·库米正又蹦又跳,转着她的旋转木马。她灵活矫健,"像不请自来的一头黇鹿、一只小跳蚤"。得尖起耳朵,欣赏她的小爪子在地砖上奏出的音乐会。此处改写一下诗人的诗句:在这条猎狐狸馈赠的瞬间里停下目光,不作他想,是一种享受。诗人新近出版了一卷1202页的诗歌选集,包含了自1974年至最近一本诗集《拥有什么就拥有》(阿德里安娜·伊达尔戈出版社)的全部作品,选集的题目同样是《拥有什么就拥有》。贝列西端上茶水、马黛茶、三明治,还有一份核桃洋李布丁,而我很想背诵她的一句诗。她的诗句能够直接钻进读者的耳朵和心里。我还想把那些诗和她现在的形象联系起来:窝在沙发里,端一杯马黛茶,仿佛在啜饮着三月下午的此刻。她是我们最优秀的诗人之一——"之一"或许也可以删掉。正如豪尔赫·蒙特莱昂内在诗集序言中所说,再没有人能像她一样,在诗歌中找到美的种种形式,寻到自然界的优雅。"狗在吠叫,小路上/满是年轻的美国佬/问着圣安东尼奥大河,在他们眼中/一切都那么廉价,我们/消失在恐惧的阴影里/而秋天,却那么美丽/我们只想哭泣/像白蜡树的叶子一样/一片一片飘零/像是眼泪,像是好梦／破碎了，深埋在／层层沙地里。"《往仓库的路》里的抒情主人公这样说道。

"你如果坚持不懈地写作，就会写出许多许多页的东西。就算要重写、修改、将作品大把扔进垃圾桶，依然会生长出最美的植物，因为有杂草丛在下方滋养。我相信这种生态学：要尊重你认为有价值的诗，道尽你一切想法的诗，即便它并不是你最好的一首。"诗人在接受《十二页》的访谈时说："这本诗集的厚度令人惊讶，主要还是因为在阿根廷已经很久没有出版过诗歌全集或选集。不过，如果我们慢慢习惯出版社重新出版诗歌这件事，那么1200页也没有那么不可思议。""贝列西的这本大部头"注定成为今年的年度图书，这同样也不是件不可思议的事情。

弗列拉：在您最近的一首诗，《价码》里，您提到"握住目光的缰绳"。时间会令您更信赖自己对目光的掌控吗？

贝列西：握住目光的缰绳就是蓄势待发，时刻准备着以某种方式再现一个人注视和追逐的事物。当然了，这只是一种幻觉，因为目光的缰绳是握不住的。不过，在再现某物的时候，时间确实会冻结。握住目光的缰绳的幻觉，就像是将时间冻结在它的美或恐怖之中的幻觉。诗歌的主人公一向明白，自己处在时间无法止遏的狂奔中，握不住目光的缰绳。

弗列拉：尽管知道那是种幻觉，但诗歌的主人公一定还是有所成长。您认为您的第一本书和最新一本书之间有些什么不同？

贝列西：我新近的写作中对时间的感知，和面前还有漫长一生的年轻诗歌主人公的感知完全不同。最近这几本诗集里，诗歌主人公拥有的是已经度过了的人生，尽管当下的时刻——人唯一拥有的时刻——可能是20岁的时刻，也可能是60岁的时刻。对时间的感觉截然不同。不过，也许一个人在年轻的时候，会更重视每一个瞬间。对瞬间的赞美也贯穿了我的整个写作。

弗列拉：您有没有想过要去纠正那个年轻的诗歌主人公？

贝列西：几乎没有。我的确花了很多时间去做一些很小的调整，比如一个逗号、一个句号、一个词语，但我修改的地方少之又少，主要是因为如果改得太多，就会背叛诗歌中从前的那个"我"。如今的我可能知道一些从前的我不知道的事，但从前的我也知道一些如今的我不知道的事。

弗列拉：在您的诗歌选集里，许多诗都透露出一种对"尖起耳朵"的关切。耳朵可以磨尖吗？如何做到呢？

贝列西：当然可以。我们生来就有敏锐的

听力，只是它渐渐地衰退了。我们在社会化、在进入成人世界的同时，也慢慢变得聋聩。再次敞开耳朵，从各种意义上说，都不是一件容易的事情。我们一度拥有又遗失，如今需要努力找回的，是注意力，是惊奇、惊愕，还有聆听他人的能力，它并不是一个负担、一样义务，而是一种享受。不过，在社会化、长成大人的过程中得到的能力也很重要。你学会欣赏乌玛瓦卡旱谷里的音乐，注意到一个歌谣作者比另一个更出色，分辨出谁倾注了灵魂。诗歌有时直接进入听众的耳朵和心里，有时又要求读者尖起耳朵。这也是一种旅程：你听得越多，越懂得欣赏；你读得越多，越懂得品鉴。你的耳朵一天比一天更尖。

弗列拉：在听觉与目光的双重惊异之外，还要加上思想的问题。您在一句诗中把它形容为"熊蜂的嗡嗡声"，美丽，但也扰人。您是如何体会这种矛盾的呢？

贝列西：我以不同的方式体会过。但我觉得，诗歌是一个复合体，什么都不能排除在外：不能把情感排除在外，不能把人的呼吸这个最属于身体的部分排除在外，也不能把在思想中臻于极致的风的流动排除在外。问题是，一样东西给另一样东西留下多少存活的空间。诗歌有点排斥修辞和话语，尽管诗歌就是由修辞和话语组成的。它拒斥的是过度的修辞和话语：空气不足，诗句就会开始凋亡。诗歌也有点拒斥作者的唯意志论。当然，作者还是要尽力而为。有时作者会倒向这边或那边，但有时也能达成完美的平衡。诗歌要求开敞，要求抛弃羞耻，人们在哪里思想那些不敢高声公开道出的事物，诗歌就在哪里安身。抒情的自我充满勇气，敢于在诗歌中说出作者难以在公共空间言说的话语。诗歌就是由这种袒露构成的。虽然这种袒露里也存在着思想，我也很喜欢思想，但如果思想太重，心灵的小鸟就飞不起来了（笑）。

弗列拉：在《史诗》这首诗里，抒情的"我"自问，为什么要尝试总是失败的事。您觉得自己在什么地方失败过？

贝列西：生命的美妙就在于总会失败，总会失去。你爱的人会死，还有比这更大的挫败吗？但与此同时，生命的高贵和美丽也正在于此。诗歌想要和瞬间合而为一，但却每每落空，因为它总是"后来"。你必须打破单纯的存在状态，经历一些什么，才能将经历落于笔端。很多诗都是失败，你扔掉一些，留下另一些，因为它们没有彻底失败：在你看到的缺陷之外，还有一些你珍爱的地方。你知道读者会记住里头的一句，然后把剩下的忘得一干二净。也许他们是对的。但除此之外，还有许许多多别的失败……对一个更公正的世界的追求失败了，但你每天醒来，仍会要求另一个可能的世界。那些在特定的时刻显得无比崇高、无比贵重的修辞都失败了，比如说，那些令你心潮澎湃的民间运动的口号。我会召唤我们如此热爱的那些句子。如今它们似乎已经失去了意义，但人们会希望它们再次具有意义——或许与其他句子交织在一起。存在一种永恒的失败，因为诞生和重生就意味着失败。我是从一个矛盾的角度这么说。黑白分明的说法，比如说"它和它的敌人"，几乎是行不通的。

弗列拉：在 20 世纪 70 年代，世界是不是更加黑白分明，而不是自相矛盾？

贝列西：的确如此，但必须得做出选择。你不能总是说"是这样"但又"反过来说"，不然的话，就跟墙头草没什么两样了（笑）。就像西蒙娜·薇依所说的，我们需要的，是在社会中最受压迫的人们之间建立对话与宽容。我们很多人都从选择中得到过教训，但这不意味着不相信建立一个更公正的世界的可能性，而是意味着要有耐心，思考他人的话语，而不只是否定、唾弃对方。甚至也要反思自己这一方，因为想要世界变好的人有很多，但并不是所有人都会采取同样的方法。如果我们先起了内讧，那么，最后会是什么结局，我们心知肚明。不过，面对极端的情况，还是必须选择一个立场，站在分界线的这边或那边。

弗列拉：您是一个左派，但并不是一个庇隆主义者。您尊重您笔下的各色社会人物，在您的诗中，农民、工人、"拦路者"，都和诗歌中的"我"紧紧相连。您绝不会赞成对"黑佬"*的歧视——这种歧视近年来在中产阶级中越来越广泛，但在许多左翼知识分子身上也有隐蔽的体现。

贝列西：他们是我的家人，我就来自那里。我也并不想把他们塑造成纯洁无瑕的人物。不过，一个人是怀着一种特殊的柔情去看待他们，

---

* 此处的"黑佬"和下文的"黑脑壳"指的都不是非裔黑人，而是阿根廷的下层贫民。

从原本出身的阶级的视角看待他们，尽管由于移民的缘故，这个人或许已经过上了更好的生活。我想整个儿接住你丢给我的话头（笑）。

弗列拉：您请。

贝列西：我依然认为自己是个左派，不过，我不是一个扎根于欧洲现代性的左派，而是一个总是直面心愿、思考我所生活的时代与地点（也就是拉丁美洲）的人。70年代的失败，在我看来，是历史进程中一个暂时的失败。我仍然相信创造一个更公正的世界的可能性，在那里，社会不分阶级，特殊的责任感与互助关系能够改变财富分配和生活方式。70年代，我们更确信实现理想的途径，如今我们再也没有这种笃定。现在，比起"乌托邦"，我更喜欢"希望"这个词。"乌托邦"这个词和欧洲的现代性联系太过紧密。"希望"更加贴近人民，更加柔软，更加诗意，也更加基督教。这就是拉丁美洲文化的复杂性。

很多时候我们选错了政府,因为我们的选择本就有限。那些所谓的"黑脑壳"也好,最有文化的知识分子也好,都会犯错。但有一点不同:占主导地位的社会中层或上层,他们就算错了,付出的代价也很少,甚至不必付出代价。而普通民众付出的代价却很高昂,所以,他们在犯错的同时,就已经被宽恕了。

塔丽塔刚睡下不久。夜已降临,贝列西抽着不知第多少根维珍妮牌细烟。"从诗歌在文学产业、传播和原典里的地位来看,它就像是文学里的'黑脑壳'。不过,'黑脑壳'总会重生。"诗人说,"残暴的独裁政权倒台以后,有很长一段时间,叙事文学都处于瘫痪之中。但诗歌却毫发无损。"这在20世纪80年代很常见:小说家的下巴挨了一记直拳,诗歌却在继续歌唱,即使是在最盲目的黑洞最糟糕的时刻中。

弗列拉：为什么在这些关键的、极端的时刻里，诗歌仍能屹立不倒？

贝列西：因为诗歌没有什么好失去。也因为在那些关键时刻，抵抗的都是女人。你见到的五月广场的母亲，五月广场的祖母外祖母们，远比见到的男人更多，因为女人们也是历史上的"黑脑壳"。单独研究这个问题要花上不少时间，不过，集体参与塑造的女性形象也可能成为一种神话。如果神话僵化，问题就变成怎样重新开启它。

弗列拉：您最新的一本书中有不少献给古巴的诗歌，您在其中重新开启了古巴革命的神话，从小角色和小事情入手，比如宾馆的清洁工，又养猪又调莫吉托的小伙子……

贝列西：人民是我的宝藏。他们能把你从口号和僵化的意识形态中拯救出来。过着小日子的人民，就像你和我也过着小日子一样……

贝列西出版作品年表

1972　诗集《终点与蔓延》(*Destino y propagaciones*)

1980　翻译出版《丹尼斯·莱弗托夫诗选》(*Poemas*)

1981　诗集《赤道航船》(*Crucero ecuatorial*)

1982　诗集《哑巴的献礼》(*Tributo del mudo*)

1984　翻译出版6位美国女诗人诗选《回应我，跳起我的舞吧》(*Contéstame, baila mi danza*)

1985　诗集《双重面具的舞者》(*Danzante de doble máscara*)

1988　诗集《埃洛伊卡》(*Eroica*)、选集《走私的鸽子》(*Paloma de contrabando*)

1991	诗集《一路顺风,小乌利》(*Buena travesía, buena ventura pequeña Uli*)
	翻译出版厄休拉·勒古恩诗集《绸缎之日》(*Días de seda*)
1992	诗集《花园》(*El jardín*)
1996	文集《己与物》(*Lo propio y lo ajeno*)、选集《蜂鸟,掷出闪电!》(*Colibrí, ¡lanza relámpagos!*)
	英西双语诗文集《双生,双梦:两种声音》(*The Twins, the Dream: Two Voices*),收录贝列西和勒古恩的往来书信与作品互译
1998	诗集《南方》(*Sur*)
2002	选集《传说》(*Leyenda*)、《诗选》(*Antología poética*)、诗集《马黛茶》(*Mate cocido*)
	翻译出版索菲娅·安德雷森诗集《生命之甜赤裸锋利》(*Desnuda y aguda la*

dulzura de la vida）

2003 诗集《金色时代》（*La edad dorada*）

2005 诗集《瞬间的反叛》（*La rebelión del instante*）

2007 诗集《光的变奏》（*Variaciones de la luz*）

2009 全集《拥有什么就拥有》（*Tener lo que se tiene*）

2011 文集《世界的微声》（*La pequeña voz del mundo*）

2012 文集《萨瓦利亚，草字头的"萨"》（*Zavalla, con Z*）

2015 诗集《舞步》（*Pasos de Baile*）

2018 诗集《爱如死般坚强》（*Fuerte como la muerte es el amor*）

2019 翻译出版13位美国女诗人诗选《回应我，跳起我的舞吧》（*Contéstame, baila mi danza*）

译后记：就继续乘着风的轻鞍

19世纪末，大批移民从意大利的农业区漂洋过海来到阿根廷，定居在北部的圣塔菲、科尔多瓦与门多萨省。其中一群来到一个名叫萨瓦利亚的地方安顿下来，重新开始他们在土地上的劳作与生活。萨瓦利亚是一个远离首都和省会的小村庄，至今仍然只有五千居民。1946年，迪亚娜·贝列西就出生在这里。

祖辈的名字与生活都已消失在广阔的历史中。多年以后，贝列西在诗里这样写道："我没什么传奇可讲 / 也没有那些 / 与刀剑一起 / 抵在健壮马背上的史诗。/ 只有一点故事 / 没有记录下 / 意大利小村庄里的 / 任何名字，树木 / 河流 / 或是耕

作之日 / 清晨啁啾的鸟儿 / 它们都遗失在 / 我祖辈的死亡与记忆里。"但是,家族传承与乡村生活在贝列西身上埋下了暗藏的印记:"我在 / 湿润的草原长大。/ 梦与庄园的 / 绿色岩石。/ 我的祖先是 / 雇工与农民。/ 儿时开始 / 意大利、瓜拉尼和克丘亚语 / 就缠绕在我的词汇中。""我继承了 / 亚得里亚海的光亮 / 和一把大锄头 / 现身在每一个收获的季节"。(《片段背后》)

在萨瓦利亚,人与自然融为一体。在鸟类、牲畜和野生动物间,在花草的香气和丰收的色彩中,贝列西的感知温柔地附着在自然万物之上。林间的浅塘、开花的木兰、啼叫的八哥、流浪的野狗,都在她眼中展开无限的生机。20世纪60年代末,她开始徒步漫游美洲大陆,怀着对自然与对生命的热忱,观察和体会每一个天意般降临的瞬间。大胆的冒险滋养了她的写作,1972年,她在厄瓜多尔出版了自己的第一部作品《终点与蔓延》(*Destino y propagaciones*)，开始在拉丁美洲文学界崭露头角。1975 年，贝列西结束了这场长达六年的漫游，回到阿根廷首都布宜诺斯艾利斯定居，并以旅程中的经历为灵感创作了诗集《赤道航船》(*Crucero ecuatorial*, 1981)。

直到最新出版的诗集《爱如死般坚强》(*Fuerte como la muerte es el amor*, 2018)，贝列西几乎始终保持每两到三年就出版一部诗集的旺盛创作力。至今，她已经出版了 15 部单行本诗集，翻译了多位英语世界重要作家的作品。随着创作的丰富，贝列西的诗歌逐渐获得国内外的认可。她被认为是阿根廷当代最具代表性的诗人之一，更是女性诗歌写作的教母级人物，于 1993 年获得古根海姆基金会诗歌奖，2004 年和 2014 年两度获科内斯基金会荣誉奖，2010 年被授予布宜诺斯艾利斯杰出市民称号，2011 年获阿根廷国家诗歌奖。2012 年，关于贝列西的人物纪录长片

《秘密花园》（*El jardín secreto*）在阿根廷上映。

随着贝列西的国际影响力逐步增大，她的诗集被陆续翻译成英语（*To Love a Woman*, 2021）、法语（*Tenir ce qui se tient*, 2011）、德语（*Nicht eine Minute fort von zuhause*, 2012）等多种语言出版。在世界各地的诗歌节和朗诵会上，贝列西一次次用柔软温和的声音朗诵她最出名的诗《我建造了一座花园》："在不对的地方做出对的姿势 / 会拆除等式，揭开荒地。/ 在差异中呼求的爱，/ 如同暗蓝的天空对抗痛苦。/ 风暴的雨幕，在它的怀抱中 / 你抵达最远的岸。"

永恒的花园

关于贝列西的纪录片《秘密花园》从一片绿色的风光开始：三角洲的森林、萨瓦利亚的巨木，缀满花朵的合欢树、布宜诺斯艾利斯街道旁的蓝花楹和墙壁上的草叶。随后，镜头拉向诗人在布宜诺斯艾利斯的住所，花园里摆满各色盆栽，仿佛藏身都市的一片绿洲。

花园、绿地、鸟类和动物，都是诗人目光的主角。她在散文集《萨瓦利亚，草字头的"萨"》（*Zavalla, con Z*）一书中回忆道："记得两三岁的时候，一个九月的清晨，阳光照拂着万物。母亲把我叫醒，将我带到屋后。我还记得她的气息，她身上的温度。她轻声对我说：'我想让你看看春天是什么模样。'她指着鹤望兰，让我感受花朵的芬芳、阳光的温暖和树荫下的清凉。我们在春天的天空下起舞，数十只红额金翅雀休息在一棵尚未出芽的树上。我感到幸福，那是我一生中最幸福的时刻。在母爱的韵律与静谧中，诗人的命运落下印记，我在心中歌唱。"

自然开启了诗人对爱与美的感知，并在她写作的旅程中一直伴随着她。漫游美洲大陆的旅程为贝列西带来了崭新的自然风物与奇观，数年后,她回到阿根廷,在巴拉那三角洲租下了一间名叫"休憩"(El descanso)的小房子。房前立着一棵棕榈,周围环绕着枫香树、橡木与桉树,一条小溪从门前缓缓流过。在宁静的三角洲小岛上,植物都顺应着自然的天性。因为居民大多只是夏季来此度假,房前屋后的植物常常无人修剪。而且受三角洲的潮水影响,公园里的植物也不易人工打理,都能尽情生长。

贝列西从这些植物间看到人的灵魂。只要找到合适的环境,植物就会存活下来。就算是外来者和旅客带来的新植物,或是随动物迁徙而来的一粒种子,都有可能在陌生的地方找到自己的位置。诗人从中看到自己,一颗带着意大利血脉的种子,在阿根廷大地上找到合适的土壤和雨水。而自然界中,一切随时都可能分崩离析,也随时会有新的融合与变化,一如人的生命,或是人与人之间的关系。

在贝列西的诗歌、散文和译作中,她对自然的热爱从身边的河流与草木,延展向复杂的世界和仰赖自然而生的人。她诗中的动植物既是对自然的观察与书写,也作为一种隐喻,揭开更广阔的表达空间。自然既是丰富的多维世界,同时也是需要保护的脆弱对象。在人类对自然的征服与剥削中,在资本主义的掠夺、新殖民主义势力的威胁与暴力活动的影响下,对自然的书写成为一种抵抗与反叛的力量。

她的目光投向自然,也投向无法发声的一切:是庭院里挺立的花枝,从窗户瞥见的一只鸟儿,也是在社会底层困顿挣扎的人,在父权传统里受到压迫的女性。花草成为生命力与反抗的象征,向上挺立着,不顾一切代价地绽放:

> 这些名叫飞禽、鸟喙、上帝的羽冠的花儿
> 　　缚在根上,却想开垦空气

代价是缓慢地流血,以最轻的优雅

在最沉重的质料里

欲望,又或是迷茫的模仿

代价竟是如此高昂

让它们在弯曲的花茎上相信

必须要挣脱,才能用顶端

劈开空气的甜美

植物的歌唱

贝列西开始大量写作诗歌的 20 世纪 80 年代,正是阿根廷女性性别意识萌发、女权运动蓬勃发展的时期。1988 年,文学杂志《女刊》(*Feminaria*)在布宜诺斯艾利斯创刊,贝列西成为杂志的主要编辑之一。《女刊》不单局限于女性主义的视角,而是倡导广泛的平权,反对性别歧视、种族歧视、性取向歧视和其他任何倾向的歧视,成为阿根廷文学文论与社会思潮结合的典范。

为每一个弱势群体书写,这也是贝列西一直以来的坚定立场。在担任文学杂志主编的同时,贝列西也时常开设自己的诗歌工作坊,为女性诗人的创作与讨论提供一个实体空间。正是工作坊的联结与讨论,推动了阿根廷新一批女性诗人的出现,以及20世纪90年代阿根廷女性团体"月亮与其她"(Las lunas y las otras)的建立。

1992年,贝列西出版了诗集《花园》。从此,"花园"作为贝列西文学写作与意识中最重要的概念。自然与女性在她的诗歌中成为交织的主体,迸发出相似的生机与韧性。

在传统以男性作者为主导的文学书写中,自然与女性处于同样的凝视之下:女性与植物一样,是安静、被动的,只能被观赏和描述。她们都无法为自己发出声音,也无法决定以什么姿态出现在文学作品与叙述之中。同时,自然与女性都被冠以"野性""野蛮"的特质,成为需要被掌控、征服和驯养的客体。男性中心主义同时物化了女性与自然,而在贝列西的诗中,共同的"遭遇"为二者建立了深厚的联结,汇聚出一条冲破禁锢的道路:

> 漫步早春
> 沿着岛上的小径
> 看树木燃放究极的美好。
> 流连于形态的绝妙细节。
> 头戴卷须之冠,
> 我也是家中一员?

植物即如女性,女性即如植物。贝列西的诗歌并不剥离二者,反对二者之间的相似性,而是以此建立了植物与女性之间的"战略同盟"。在诗人笔下,女性与植物一同茁壮生长,彰显着自己的生命与力量。丰富多元的自然,正是世界需要的异质的美。而花园则成为植物和女性共同的抵抗空间,二者在这里确立起被传统男性视野否认的主体性。

> 我在小花坛里锄草,种下:牛至,
> 欧芹,芫荽。薄荷穗和一丛
> 会结果的花。不当叙述者
> 而是言语之外的女神。

照料花园需要关于草木的知识。在这个与亲密的家庭环境连接,同时又伸向原始自然的空间里,园丁通过她的知识培育植物,植物的成长也反映出女性的力量。同时,种植成为写作的隐喻。照料者的翻土、劳作,泥土下敛聚的生机和绿意的迸发,也是女性创作的写照。

> 或许树木梦想着

野性恣意的花园，在那里

改换秩序，成为自己的主人？

在贝列西的花园里，石头是诗，植被在歌唱。在被男性的权力笼罩的官方话语之外，植物挺立着，不去仿照既成的模板或遵循言说的规则，而是直视自己的本性与初衷。被砍伐、压抑、驯服、忽视的她们，在那里蓬勃恣意地生长。

并蒂双生

贝列西曾说，自己生活中最重要的三件事分别是教书、内省的写作和诗歌的翻译。20世纪80年代，贝列西的翻译与她的诗歌写作双线并行。借助英语和法语，她翻译出版了包括厄休拉·勒古恩（Ursula K. Le Guin）、丹尼斯·莱弗托夫（Denise Levertov）在内的多位英语世界重要作家的作品。90年代，她更是与厄休拉·勒古恩共同出版了英西双语诗文集《双生，双梦：两种声音》(*The Twins, the Dream: Two Voices*，1996)。这部诗文集收录了两位诗人互译的作品，以及她们交流文学创作、女性主义等议题的往来书信。

与这些诗人的相遇要追溯到贝列西20世纪70年代的美洲漫游。旅程中，贝列西来到美国，离开拉丁美洲熟悉的西班牙语环境，走进了他者声音的世界。在一个冶金工厂里，她与两百多位女工一同劳作和生活，鲜活的语言滋养了她的英语。每天晚上，贝列西在一本小词典和一本初级语法书的陪伴下，通过翻译诗歌继续她的学习。

在美国，他者的语言和新的思潮一起向她涌来。对女性写作和多元价值的关注成为她创作与翻译的内核："在一个由绝大多数男性主导的传统中，我想创建家族与谱系，我想听到女性的声音。"于是，她开始边阅读边翻译丹尼斯·莱弗托夫、琼·乔丹（June Jordan）、穆里尔·鲁凯泽

（Muriel Rukeyser）和艾德丽安·里奇（Adrienne Rich）等美国女诗人的作品。贝列西的翻译选择也体现出她的人文与艺术关怀，这些女作家的作品大多关注女性身份、种族移民、社会暴力等问题。如莱弗托夫的诗中大量书写战争与暴力所带来的人类苦难，并呼吁个人和社群发挥自身的变革力量；琼·乔丹是非裔美国诗人的代表，在作品中深入讨论种族、移民等问题，并推举非裔美国英语的文化意义；艾德丽安·里奇更是美国女性主义作家中的代表人物，在文学和社会学领域都留下了重要的作品。

1984年，《回应我，跳起我的舞吧》（*Contéstame, baila mi danza*）出版，诗集收录了由贝列西翻译的6位美国女诗人的作品。2019年，同名诗集再次出版，译介的诗人从6位增加至13位。

贝列西的写作与翻译就像是同一根枝桠上绽放的两朵木兰："诗歌翻译是最接近写诗的活动，

要在全身心投入的宁静中缓慢进行，接收来自非母语的声音和话语。它要求借助自身的感知，为他者思想与情感的水流凿出一条河道。"对她而言，翻译夹杂着背叛的感觉与重铸的喜悦，而且"几乎是一种不可能的活动"。因为诗歌翻译常常要求译者取舍，做出艰难的抉择。但是，在长时间的阅读和与文字的共处中，译者与来自他者的声音建立起一种灵魂的亲密关系。不同国度的女作家在文字里看见彼此，听见彼此的声音，跳起对方的舞蹈。

多年后的文章里，贝列西再次摘录了《回应我，跳起我的舞吧》诗选的序言：

> 穆里尔·鲁凯泽的一首诗里写道："如果不是我／如果不是你／谁来讲述那些日子？"如果不是我，如果不是你，谁在语言和生活中并肩作战？谁来抓住鲜活的记忆？

是这些女性，投身在美洲文学反叛精神的浪潮里。[……]诗集的编选者劳拉·切斯特与莎伦·巴尔瓦在前言中写道："女性必须学会爱自己，将自己作为理想与神话。第一步是承认自己是女性，并开始发现这意味着什么。"不再有阴暗恐怖的房间，不再有春日午后的自尽。这些女性的声音，热情而深刻，敦促我们以新的方式去过自己的生活。

正是这样的热情与理想，指引着迪亚娜·贝列西的写作与翻译。

也正是因为这样的热情与理想，才诞生了你手中的这本诗集。

龚若晴　黄韵颐

2023 年 9 月

图书在版编目（CIP）数据

离岸的花园：迪亚娜·贝列西诗歌自选集/(阿根廷)迪亚娜·贝列西著；龚若晴，黄韵颐译.--上海：上海文艺出版社，2023（2024.1重印）

（艺文志. 诗）

ISBN 978-7-5321-8866-6

Ⅰ.①离… Ⅱ.①迪…②龚…③黄… Ⅲ.①诗集－阿根廷－现代 Ⅳ.①I783.25

中国国家版本馆CIP数据核字(2023)第178577号

©Adriana Hidalgo editora S.A., 2009, 2022
©Diana Bellessi
著作权合同登记图字：09-2023-0577

发 行 人：毕　胜
责任编辑：肖海鸥　叶梦瑶
封面设计：尚燕平
内文制作：常　亭

书　　名：离岸的花园：迪亚娜·贝列西诗歌自选集
作　　者：[阿根廷] 迪亚娜·贝列西
译　　者：龚若晴　黄韵颐
出　　版：上海世纪出版集团　上海文艺出版社
地　　址：上海市闵行区号景路159弄A座2楼　201101
发　　行：上海文艺出版社发行中心
　　　　　上海市闵行区号景路159弄A座2楼206室　201101　www.ewen.co
印　　刷：苏州市越洋印刷有限公司
开　　本：1092×787　1/32
印　　张：5
插　　页：5
字　　数：55,000
印　　次：2023年10月第1版　2024年1月第2次印刷
I S B N：978-7-5321-8866-6/I.6987
定　　价：48.00元
告 读 者：如发现本书有质量问题请与印刷厂质量科联系　T：0512-68180628